꿔다 놓은 보릿자루

꿔다 놓은 보릿자루

양영길 시집

새미

목차

제1부 시인과 나무

제2부 꿔다 놓은 보릿자루

제3부 부끌레기 동동

제4부　길이 없는데 길을 간다

제1부

시인과 나무

사랑한다는 것은
—시인과 나무 · 1

어느 여류 시인은
바람이 불 때마다
나무들이 애무하는 모습을 본다고 한다
운명처럼 부동의 자세로 서 있다가
바람이 살랑살랑 불어오면
서로를 간질거리며 비벼대는
나무들의 사랑

내가 혼자 걷던 그 길
그때 그 바람소리도
나무들이 사랑하는 소리
깔깔대는 웃음소리였을까
바람이 분다는 건 사랑한다는 것이었을까
사랑한다는 것은
불다가 지치면 소리소문없이 자취를 감춰버리는
바람이었을까

나무들이 서로를 사랑한다는 것은
바람 불기를 기다리며
사랑하는 나무를 향해 가지 뻗고
바람을 기다리며 우두커니 서서
혼자 걷는 사람을 바라보는
그런 것이었을까
사랑한다는 것은

그림 그리기
ㅡ시인과 나무 · 2

어느 날
한 그루의 미루나무가
그림을 그리는 모습을 본 일이 있다
여름내 키운 이파리 노랗게 물들였다가
어느 날 아침
와락 쏟아져 버린 노란 물감으로
나의 공원 초록 잔디 화선지에
바람 따라 그림을 그리는
그런 모습을 본 일이 있다

허물어지듯 쏟아져버린 노란 분신을 부여잡고
마지막 발악이라도 하듯
바람 따라 붓놀림하는 잔영 위로
노란 유채꽃밭 사이를 날아다니는 나비 떼들이
바다를 향해 질주하듯이
통째로 엎질러버린 노란 물감을
주체하지 못하는 미루나무의 붓놀림을
나는 본 일이 있다

아직 푸른색이 남아 있는
나의 초록 잔디
그 화선지에
회오리바람 따라 미친 듯이 휘둘러대는
미루나무의 붓놀림
미루나무가 그린
한 폭 그림을
나는 본 일이 있다

말 걸기

—시인과 나무 · 3

어느 노래하는 시인은
어머니를 여의고
고향 하늘을 하염없이 쳐다보던 날 밤
나무가 말을 걸어오는 걸
본 일이 있다고 한다

나무는 깊은 밤이 오기를 기다려
낮의 무게를 털고 비로소 자유를 얻어
하늘과 좀더 가까이 다가가
별들과 대화하듯
시인에게 말을 걸어오는
그런 일이 있었다고 한다

나무가 별과 시인 사이를 자유로이 오가면서
유성이 떨어지는 때를 기다려
영혼과 운명에 대한 이야기를 물어오던
그런 일들이
어느 고요한 밤에 있었다고 한다

한 그루 나무가
늦가을 빈 들판 같은 시인의 가슴 한구석을
밤의 고요가 주는 의미로 가득 가득 채워주고
다시 제자리로 돌아가
시인을 위해 밤의 무게를 떠받쳐주던
그런 밤이 있었다고 한다
새들이 잠을 깨는 새벽이 올 때까지

강요배 화백

—시인과 나무 · 4

한 잔 술에도 취할 수 있는
'동백꽃 지다'의 강요배 화백
아리랑 노래만 나오면
마시던 술잔 내려놓고 춤을 춘다

바닷바람에 깎이고 깎인
겨울 팽나무
세찬 바람 이겨내듯이
그의 그림 속으로 빨려 들어가듯이
작은 무대 위를 두 팔 벌려 오가며
선線을 그린다

동백꽃이 툭툭 붉게 지듯이
겨울나무 밤하늘에 별빛들이 부서지듯이
아리랑 노래만 흘러나오면
강 화백의 나무엔
겨울바람 잠시 밀어내고
동백꽃을 피우고

한라산 산 그림자 드리운 밤이 오면
별빛도 곱게 피어난다

바다의 고백
ㅡ시인과 나무 · 5

가을이 다 가는 계절에
바다가 나무에게 고백한 일이 있었다
나무를 사랑한다는 말이 아니라
나무가 바라보는 것만으로도
바다가 푸를 수 있다는
눈빛으로

바다는 밤이 되면
나무가 서 있는 곳을 향하여
끊임없이 파도치지만
나무는 커다란 두 눈만 깜박거리고 있었다
산 그림자의 고른 숨결이
파도소리와 어우러질 무렵
모래톱 위에 발자국 몇 개 남기듯 날은 밝았다

바다는 나무의 가슴께에

나이테 하나를

파도처럼 새겨 넣었다

제주 찔레꽃은
—시인과 나무 · 6

한라산 봄 앓이 끝물에
그믐달이 어디에 걸렸는지
보일락 말락 밤 안갯속에서
봄비와 여름비가 엎치락뒤치락 하는 사이
제주 찔레꽃은 그만 길을 잃었다

백록담에 잠시 내려와 목욕하던
선녀도 그만 길을 잃고
찔레 꽃잎에 가만 내려앉았나?

바람 따라 흐르는
선녀의 눈웃음 같은 찔레꽃
찔레꽃 향기가 산을 내려가면서
산새는 밤새 잠 못 이루고
소리 없이 바다만 바라보았다

바닷가 아이들은 초저녁부터
손톱에 봉선화 꽃물 들였다

찔레꽃 악보
—시인과 나무 · 7

내가 사는 산 300번지에 산새가 산다
봄이면 찔레꽃 송이송이
산새들 노랫소리처럼 피었다가
바닷새에게 보낸 편지가 번지수 찾지 못하고
돌아올 때마다 주인 잃은 편지 쌓이듯 찔레꽃
꽃잎이 떨어졌다

내가 사는 산 300번지
음표가 걸려 있다
꽃이 진 자리에 높은음자리 낮은음자리
빨간 음표들이 높은 하늘에 하나둘 걸렸다
하늘이 더 파란 때를 기다려
바람 따라 연주를 시작하면
산새들이 노래를 한다
찔레꽃 향기 가득 담은 노래를 부른다

바닷새는 초대장을 받지 못한 채
파도 따라 헤매고 있다

으아리가 피어
—시인과 나무 · 8

한라산에서 내려오는 길
오라리인지 아라리인지 그 어디쯤에
나무 위로 오르다 지친 으아리가
으아리가 피어 있었다

유치원 아이들이 재재거리듯
어디선가 터져 나온 박수갈채같이
으아리꽃이 왁자지껄 피어 있었다

깃꼴잎 바소꼴잎 마주 난 잎과 잎 사이
그 잎겨드랑이에 잎자루 흔들어대며
꽃차례 소리를 따라 8월의 무더위는
산을 오르고 있었다
나도 따라 산길을 걸었다

첫눈이 내리던 날
―시인과 나무 · 9

내가 사는 제주에
첫눈이 오던 날
입이 큰 페리카나 입주머니에 올라타서
하늘을 날고 싶었다
바다만 바라보던 나무는

그런 날이면
피라칸사스 열매가 하얀 눈 속에 더욱 붉었다
눈 속에서 더욱 붉어지는 열정에
제주바다 빛은 더욱 짙어졌다
하늘도

한라산은
말없이 바라만 보고 있었다
파도 소리는 숨죽이며
귀 기울이고 있었다

작곡과 연주
—시인과 나무 · 10

벚꽃이 지는 때를 기다려
검정 종이에 오선지 그리듯 풀칠을 한다

꽃이 지는 때를 기다려
풀칠한 종이 나무 밑에 펼쳐 놓으면
꽃잎들이 오선지 위에 하나둘
내려와 앉는다
오선지에 악보 그리듯
꽃잎들이 내려앉는다

검정 종이를 들고
투우사의 멋진 손놀림처럼
흔들어대면
꽃잎이 휘날리며
악보 한 편이 완성된다

휘날리던 꽃잎들이 춤을 춘다
악보에 맞춰 춤을 춘다

소리 소문도 없이 춤을 춘다

벚나무 한 쪽 가지
길게 내밀고
춤에 맞춰
지휘를 한다

첫눈이 내리던 날
—시인과 나무 · 11

가을 가뭄으로 목이 타는 어느 날 새벽
내가 사는 산 300번지에
첫눈이 내렸다
굴참나무 졸참나무 갈참나무
참나무 숲에 눈이 내렸다

하얀 눈이 참나무 위에 앉아
나뭇가지들을 짓누르고 있을 무렵
아침 해가 밝아 오면서
하얀 눈이 겨운듯 무너지듯 녹아내리면
나무 둥치께에 바싹 마른 참나무 잎들이
춤을 추듯 일어섰다

후두두 두두둑
후두두둑
사사삭 사사삭사
사사삭삭
숲속에 울려 퍼지는 신비의 소리

숲의 교향악에
마른 참나무 잎들이
춤을 추었다
춤을 추었다

그림자 하나 키우다
—시인과 나무 · 12

시인의 뜰에 사는 나무는 그림자 하나 키운다
나무는 사람의 손발 대신 그림자 하나 키워서
서로를 사랑한다
아침이면 긴 그림자로 왼쪽 나무를 쓰다듬어 주고
저녁이면 오른쪽 나무의 발끝부터 이파리까지 끌어안아
서로를 그림자로 덮는다

나무도 사람 사는 게 궁금하거나
“임금님 귀는 당나귀 귀다”라고 외치고 싶을 땐
귀가 커진다
산 그림자 길게 드리울 때쯤
당나귀 귀만큼 커다란 귀를 열고
창문 너머를 가만 가만 엿듣는다

오후 두세 시
시인이 졸음을 쫓아 하품할 무렵이면
나무는 시인의 창문을 기웃거린다
기웃거리다가 몰래 너머와

은근히 앉아 있다가
어두웠다는 시계 소리와 더불어
불이 켜지면
긴 그림자 거두고 제자리를 찾아간다

시인은 뜰에 나무 한 그루 키우듯
나무 그림자 같은 한 편의 시를
꿈꾼다

늙은 목련꽃
—시인과 나무 · 13

흑백사진에 함께 있는
아주 오래된 벗을 생각하면서
벚꽃길을 혼자 걸었다

벚꽃들의 수다가 눈부신 그 너머로
좀 늦게 마중 나온 목련나무에
눈부시게 하얀 참새가 가지 끝마다 앉아 있었다

참새들이 재재거리는 저녁 무렵
나는 새총을 들고
아홉 살 어린 시절로 달려가 코를 훔치고 있었다

너 또 지각했지?
너 또 늦잠 잤구나?
50년 전 그때 그 아침에 듣던 이야기가
세월의 산을 넘고 바다 건너 돌고 돌다가
다시 내게로 돌아와
나의 걸음을 잠시 멈추게 하고 있었다

늦잠꾸러기 목련이 새처럼 앉아
나의 발걸음을 멈춰 놓고
나의 어린 시절을 찬찬히 쳐다보고 있었다

나를 감싸주었던 꽃잎들이 하나둘 벗겨지고
나는 벌거숭이가 되어 얼굴이 달아올랐다

벚꽃이 와자사하게 피어 있는 사이로
늦은 목련나무 가지의 시간 끝마디에 나는
새처럼 앉아 있었다

제2부

꿔다 놓은 보릿자루

안개꽃 밭에서

다랑쉬 오름에 올라
아끈다랑쉬 오름을 쳐다보다가
아끈다랑쉬로 가는 길
안개꽃 꽃밭에 그만 주저앉고 말았다

안개꽃 꽃밭에 앉아
구름 위에 떠 있는 한라산
은하수를 끌어당길 만하다는 한라산을 바라보다가
안개꽃 그 깨알 같은 꽃이
무더기로 피어 재잘대는 꽃밭
그 꽃밭 한구석을 빌어
벌렁 누어 잠시 눈을 감아 본다

멀리서부터 들려오는
강물 소리
은하 강물 소리가 들려 왔다
강물 소리에 나의 어린 시절이 떠 흘렀다
둥 둥 둥 떠 흘렀다

함박눈이 내리던 날

옥수수밭을 헤매는데
한 쪽 발이 몹시 시렸다
산신령이 큰 지팡이를 들고 나타나서
얼어붙은 연못가를 서성이다가
수염을 어루만지는데
그만 낮잠에서 깨었다

일요일 창밖엔 함박눈이 한창인데
매화꽃이 피었다는
꽃소식이 전해지고 있었다
머리가 많이 희었다는 군소리를 들으며
어머니가 삶아주던 따뜻한 고구마에
아내가 초여름에 손수 만든 옥수수 수염차를 마셨다
딸애는 창밖을 쳐다보고 있었다

신기루가 펼쳐질 때

3월의 베이징
매서운 바람 속에
천안문 광장
붉은 깃발의 열병식을 쳐다보면서
풀 한 포기 허용하지 않는 성
9999개의 방이 있다는 자금성
귀신도 드나들지 못하게 문턱을 높인 철통문들을 지나
탱크를 막아서던 어느 청년의 역사적 그림자 뒤로하고
만리장성으로 가는 길을
차가운 바람이 막아서고 있었다
세찬 바람이 옷을 벗기려 들었다

덜컹거리는 케이블카를 타고 올라가는 길에
서녘 하늘이 붉게 물들기 시작하면서
간절히 바라면 보인다는
신기루가 보였다
베이징 지역을 유유히 흐르는 강줄기의 끝자락같은
강줄기 끝자락이 바다와 만나는

철새 도래지 하구같은
그런 신기루가 펼쳐졌다
목이 타는 북경 사람들의 간절한 바람으로
신기루 강물이 흐르는가
큰 강물의 역사가 열리고 있었다

물수제비를 뜨다

가뭄으로 목마른 하늘을
적셔주던
오월의 고독을
물수제비 띄워 본다

물 위를 건너뛰는 나의 분신
동그만 파문 잠깐 남겨 두고
끝 모르게 잠수한다

그 사이 시간이 오가는 길목을
나는 막 뛰어가고 있었다
건너뛰고 뛰어
시간의 파문 속을 헤엄치면
파란 달개비꽃이 피어 있는 들판을 지나
잠자리 떼가
하늘을 날고 있었다

시간과 시간 사이

나의 섧은 사랑
그 흔적이 물결처럼 피어나고
해오라기 한 마리
술래잡기를 한다

꿔다 놓은 보릿자루

어린 시절
보릿고개를 넘느라 고생하면서 자란 내가
어느 날 내가 지어놓은 텃밭에서
꿔다 놓은 보릿자루가 되었다

나의 텃밭에서
몇몇 사람들이
나 몰래 호박씨를 까더니
처치 곤란한 짐짝 취급을 하였다
꿔다 논 보릿자루처럼
낙동강 오리알 신세가 되었다

떨어지는 나뭇잎을
세상사에 맡겨두지 못하고 움켜쥐려는
초라한 겨울나무처럼
비우지 못할 보릿자루
오리알은 어디까지 흘러가야
낙동강 오리알이 되는 걸까

보릿자루는 꿔다놓아야 하고
낙동강 오리알은 강물 따라 잘 흘러야 하고
저녁노을은 한 잔 술에 얼굴을 붉혀야 하고

고향 이름이 사라졌다

70년대 댐이 들어서면서
고향이 물속으로 잠겨드는 모습을 지켜보았던
군대시절 친구가
내 고향집에 잠깐 와 있었다
댐 이야기만 나오면 눈물 참던 친구가
40여 년 세월 군대 이야기 뒤로 하고
폐가가 되어 버린 내 고향집을 손보고
잠시 주저앉았다
고향집에 사람의 온기가 돌면서 나는
옛 시절 어린 꿈을 되찾은 아이가 되고 있었다

풍성한 한가위를 맞아
차례상을 차리겠다는 친구에게
급한 마음에 택배를 보내는데
내 고향집 주소란에
고향 이름이 사라졌다
도로명 주소에는 읍면만 나오고
호적에도 버젓이 올라 있던 이름인데도

작은 마을이라고 지워버렸다
세상이 바뀐 게 아니라
세상을 억지춘향으로 바꿔 버렸다
어린 시절 고향에서 꾸던 꿈마저 바꿔야만 하는 것일까

친구의 아내가 먼 길을 건너 찾아왔는데
주소만 가지고는 버스도 택시도 모르겠단다
노부부는 하루종일 이산가족이 되어
속 터지게 헤매고 다녔다
촌 동네 살면서 고향의 어린 꿈은
역사의 치매 같은 잊음이 있어야
꿈꿀 수 있는 것일까

접대원 동무 1

금강산 비룡폭포에 오르는 길을
접대원 동무와 함께 걸었다.
가래침을 뱉었다며 다그치다가
제주에서 왔다는 이야기에
그만
마음 한구석 열어주는 듯
『무궁화꽃이 피었습니다』 읽어보았냐고
말을 붙여 왔다.
읽은 지 10년이 지났는데
이를 어찌 대답해야 하나 망설이다가
읽었는데 기억이 가물가물하다고 했다.
아니, 그거이 기억이 가물거리면 어떡합니까.
잔소리를 들었다.

제주도에서 감귤 보내기 운동하는데
혹시 드셔 보았냐고 물었다.
'먹어 보았다'고 하기에, 맛이 어떠냐고 했더니
아주 맛있었습니다, 잘 먹었습니다.

반색을 했다.

거, 한라봉이라도 한 개 갖고 오지 그랬습니다,
자랑질만 하지 말고
또 한 마디 들었다.

접대원 동무 2

작가 선생님
가래침 뱉으면 벌금이 얼만 줄 아십니까.
거 한 번이니까네 넘어 가겠습니다.
좀 조심하시라요.

아, 네 명심하겠습니다.

제주에서 오셨다 그러셨죠?
4.3에 대해서 잘 아시겠네요.
그거이 단독 정부수립 반대에서 시작된 거 아닙니까.
아, 네.
그거이 죽어야 할 이유가 됩니까.
족히 3만 명 넘어 죽었다 하던데, 그렇습니까?

작가 선생네 가족들은 희생자가 없습니까?
아, 네 없습니다.
그라믄 토벌대 가족입니까, 반동분자같은.

아, 아닙니다, 농촌에서 농사지으며 살다가
많이 빼앗기고 엄청 짓밟혔지요.
우리 아버지는 죽도록 맞았지요.
어머니 이야기로는
석 달이나 꼼짝없이 죽은 사람이었다고 합니다.
어머니는 그 충격으로 아기를 잃고
가슴에 묻었다고 했어요.

나는 갑자기 울컥했다, 한숨이 나왔다.
내가 내 입으로 이 이야기를 남에게 할 줄은 미처 몰랐다.
그것도 아버지와 함께 오지 못한 금강산에서

아버지의 아픔이 되살아났다.
죽더라도 살아 있어야 했던 시절
병실에 누워 계신 아버지 생각이 났다.
먼 산을 바라보았다.

접대원 동무 3

아무거이나 찍으면 안 됩니다.
좋은 것만 찍어도 좋지요.

오후 들어 웃음 띤 얼굴로 다가왔다.
카메라가 좋다며 좀 보자고 했다.
찍은 사진을 이리저리 확인하면서
사진이 예술입니다.
금강산이 빼어나서 그렇지요.

어, 이거이 왜 찍었습네까?
아, '우리식 대로 살자'요?
지울까요?
일 없습네다.

어, 이거이 어딥네까?
아, 그거이 제주도 유체꽃밭입니다.
이 바다도 제주돕네까?
네, 저기 보이는 섬이 마라돕니다.

한라산 사진은 없습네까?
아, 네, 다음에 올 때는 꼭 담고 오겠습니다.

우리는 동시에 서로의 얼굴을 쳐다봤다.
웃음이 나왔다.
나의 눈에 눈물이 핑 돌았다.

빼앗긴 언어 '동무'

나를 작가 선생이라고 불러주는 접대원 동무
나는 무어라 불러야 할까.
자기 검열을 거치고 거치다가 물어봤다.
뭐라고 부르면 좋겠습니까?
'동무'라고 하시지요.
'접대원 선생'하면 안 됩니까?
잠시 망설이다가
아, 그냥 '동무'라고 하시라요.

빼앗긴 언어, '동무'
"동무야 나오너라. 달맞이 가자"를 부르던
추억을 소환했다.
어깨동무하던 친구들이 떠올랐다.
얼떨결에 '동무'라는 말을 쓰는 사람 있으면
수상히 여기고 간첩 신고해야 한다던
포스터 그림도 떠올랐다.

나의 입으로 '동무'라고 하라고?

가을 뻐꾸기 같은 소리였다.
'저기요'했다가.
'저기요'가 뭡니까,
그냥 '동무'하면 달려오갔습니다.

그녀는 남쪽 노래 한 대목을 흥얼거렸다.
"하고픈 말 많지만 당신은 아실 테죠
먼 길 돌아 만나게 되는 날 …"

나는 북쪽 노래를 흥얼거렸다.
"이렇게 만나니 반갑습니다.
얼싸 안고서 웃음이요, 절싸 안고서 …"
그녀도 따라 불렀다.

입 안에 갇혀버린 '동무'
한참 동안 입 안에서만 맴돌았다.

접대원 동무 4

동무, 같이 사진 찍으면 안됩니까.
아, 안 되지 말입니다.

사진 찍어도 안 준단 말입니다.
나하고 같이 찍은 사람들
주고 간 사람 한 사람도 없습네다.

갑자기 쎄한 기운이 감돌았다.

동무, 저 가게에 얼음보숭이도 팝니까.
아따, 우리도 그거이 아이스크림이라고 합네다.
얼음보숭이, 그거이 강타기하던 시절 이야깁네다.
강타기요?
아, 거 있잖습네까.
강물 얼면 미끄러지는 거 말입네다.
제주도에서는 그런 거 모르갔지요.

제주에는 겨울에도 유채꽃이 핀다던데, 그렇습네까.

아, 네 2월 초입부터
한라산 중턱에 얼음새꽃이 피어나기 시작하고
서귀포에는 유채꽃도 많이 핍니다.

동무, 사진 같이 찍으면 안 됩니까.
드리고 갈 수는 없지만
일 없습네다.

우리는 브이를 날리며 사진을 찍었다.

제3부

부끌레기 동동

4월에 피는 꽃은

제주의 4월은
무자년 제주
꽃피는 4월은
3만 명이 넘는 꽃다운 우리들 목숨 소지燒紙처럼 날아가고
300 마을이 넘게 잿더미 되어
바람만 스치고 지나갔다
배웠다는 이유만으로 죽어간 사람도 있었다
숨죽여 눈물을 흘렸다는 이유만으로
짓밟힌 사람들도 있었다

제주의 4월에 피는 꽃은
더 가슴 가까이 피어난다
겨우내 불어대던 그 세찬 바람 때문일까
수평선 멀리 보이는 무덤가에 피는 꽃들

바다가 푸르다는 그 눈부신 역사 속에
4월의 제주바람
꽃으로 피어날 때

무자년 그 무자비한 4월은
비명소리뿐이었다

바람 소리
바람 소리
낮아지는 초가집들
바람이었다
다 바람이었다
발자국 소리만 들어도
더 납작 엎드렸다

바다 건너 고을 건너
외진 땅
제주의 4월은

만벵디에 내리는 빗줄기
—7·7 희생자 영령비 앞에서

오랜 기다림 끝에 단비가 내리던 칠월칠석날
견우와 직녀의 눈물이
가뭄에 타는 제주 산야를 빗물처럼 적셔주던 날
7·7 희생자 영령비 앞에서 우리들은 묵념을 올렸다
배웠다는 이유로
장래가 촉망된다는 이유만으로 끌려가야 했던 그 길이
죽음으로 가는 길
견우 직녀 만나는 길이 아닌 생사 갈리는 그 길을
빗속에 걸어가야 했던
한 맺힌 눈물이었다

젊었다는 이유가
전쟁의 방해꾼이 되고
적군에게 도움을 줄지 모른다는
예비검속이라는 미명 아래
이유도 모른 채 끌려가야 했던
1950년의 그 씻지 못할 한
좀 배웠다는 것이 죽어야 할 만큼

큰 죄가 되던 시절
그런 시절이 우리 역사의 한 페이지에
눈물 자국으로 얼룩져 있었음을
빗속 묵념처럼 말을 잊지 못했다
옷깃을 여미고
빗소리에 몸을 맡겨 그때 그 길을
잠시
따라 걸었다

웡이 자랑 웡이 자랑

—변병생 모녀상 앞에서

1월 6일 눈보라 속에 변병생 모녀상을 찾았다
바람이 사나웠다
묵념을 올렸다

어디서 총소리가 들렸다
이어 비명소리
우리 아기가 놀라지 않게 귀를 감싸고 달리고 또 달렸다
신발이 벗겨진 줄도 몰랐다
눈이 날렸다
앞을 쳐다볼 수도 없었다
어디서 총소리가 났을까
자장가 소리 파도소리처럼 들렸다

웡이 자랑 웡이 자랑
우리 어진이 ᄌᆞᆫ 밥 먹엉 ᄒᆞᆫ저 재와 줍서
수덕 존 할마님 손지 ᄌᆞᆫ 밥 먹엉 ᄌᆞᆫ ᄌᆞᆷ 재와 줍서
웡이 자랑 웡이 자랑
저레 가는 검둥개야 이레 오는 검둥개야

우리 애기 재와 도라 느네 애기 재와 주마

아니 아니 재와 주민 질긴 질긴 총배로 발모가지 손모가지 ᄃᆞᆯ아매영

높은 높은 낭게 ᄃᆞᆯ아매영 둥근둥근 막댕이로 ᄄᆞ리키여 큰 막댕이로 ᄄᆞ리키여

ᄄᆞ리당 ᄄᆞ리당 버치민 지픈 지픈 천지소에 드리쳣당 내쳣당 ᄒᆞ키여

ᄒᆞ당 ᄒᆞ당 버치민 뒷밧더레 ᄂᆞ려 불민 뒷집 개도 틀어먹곡

앞밧더레 ᄂᆞ려 불민 앞집 개도 틀어먹곡

틀어먹당 냉기민 축담더레 걸치민 똥소리기 물어가민 매기여

웡이 자랑 웡이 자랑

어지시던 할마님 이 ᄌᆞ손 ᄃᆞᆫ밥 멕영 ᄃᆞᆫ 좀이나 재와 줍서

웡이 자랑 웡이 자랑

눈물이 얼어붙었다

발걸음도 얼어붙었다

나는 그냥 시간의 벽 앞에 서 있었다

4.3 사건, 거 무슨 말고

4.3 사건, 그거 무슨 말고
그거 놈의 소리여
우리 소리 아니여

전쟁 때보다 더 하영 죽고 더 하영 다쳤져
눈앞이서 피흘리멍 팡팡 죽어가도
찍소리 못 ᄒᆞ였져
세상에 할으방 할망 죽곡
삼촌 조캐 아이ᄃᆞᆯ 막 ᄇᆞᆲ아부러도
아무 말도 못ᄒᆞ연 숨만 ᄇᆞᆯ락ᄇᆞᆯ락 쉬었져
그게 어떵ᄒᆞ연 '사건'이렌 말고
세상에

우리 어멍 아방은
'ᄉᆞ태'랜 ᄒᆞ였져
힘 어신 우리가 죄인이여
살아 이신 우리가 죄인이여

총칼 앞에 목숨 아까완
눈동자도 함부로 못 돌렸져
힘 앞에 고개 숙인 우리가 죄인이여

4.3 사건, 거 무슨 말고
그거 총칼 ᄀᆞ진 놈들의 소리여
그거 놈의 일추룩 ᄀᆞᆮ는 소리여
당최 우리 소리 아니여

이제랑 우리 말로 ᄀᆞᆯ아보라
놈의 눈치 보멍 놈의 말로 ᄀᆞᆮ지 말앙
이제랑
우리 말로 큰소리로 ᄀᆞᆯ아보라

부락이렌 말 제발 ᄒᆞ지 맙서

사름들아! 제주 사름들아!
제발 '부락'이랜 말 ᄒᆞ지 말아 줍서
부락이랜 말 그거
일본놈덜이 지네 동네 노예 사는 디 ᄀᆞᆮ는 소리우꽤
그 놈덜 우리를 좋으로 알앙
부락민, 부락사름, 무슨 무슨 부락 이렌 불른 거우꽤
큰 ᄆᆞ슬 고라 부락이랜 ᄒᆞ는 거 봤수가
새로 생긴디 ᄒᆞ고 족은 ᄆᆞ슬만 경 불렀수게
좋은 말산디 나쁜 말산디 생각도 안 ᄒᆞ영
우리 냥으로 부락 사람, 부락민이랜 ᄀᆞ르으민 되쿠가

옛날에 일본에서는 부락사름덜 막 나무래영
부락 밖으로 나강 살지도 못ᄒᆞ게 ᄒᆞ고
아무 ᄒᆞ고나 결혼도 못ᄒᆞ게 히여낫댄 히엽디다
노예끼리만 결혼ᄒᆞ게 ᄒᆞ고
다른 동네레 나강 살지도 못ᄒᆞ게 히여낫댄 히엽디다

경 ᄒᆞ단 놈들이

우리나라를 짓볼르멍 왕
조센찡 조센찡 ᄒᆞ멍 노예로 알앙 '부락'이랭 ᄒᆞ는디
우리나라 사람덜은 한자 말이난 좋은 말인 줄 알앙
잘 난 놈이나 못 난 놈이나
'부락', '부락민'이랜 입에 침이 마르도록 ᄀᆞᆯ았수다

경만 ᄒᆞ민 좋주마는
ᄆᆞ을 입구 큰 돌에 "００部落"이랜 한자로 새긴 비석을
ᄆᆞ을마다 세우난
일본놈덜은 관광 왔단 보난
가는 디 마다 '部落'이랜 비석 이시난
그 앞에서 기념사진 막 찍고
경 히여낪수게

부락이랜 말 제발 제발 ᄒᆞ지 맙서
우리들을 노예쯤으로 생각ᄒᆞ멍 부르던
그 부락이랜 말
제발 이제랑 ᄒᆞ지 말아 줍서 양~

그디 산 죄밖에 엇수다

우린 그냥 그디 산 죄밖에 엇수다
그디 살멍 땅 파 먹은 죄밖에 엇수다
일본놈들이 노예로 취급하면서 붙여준 이름
'부락민'이라는 이름 들으멍 산 죄밖에 엇어마씨
웃드르에 산 죄밖에 어신디
그 놈의 부락민이렌 괄시 받으멍
뚬으로 땅 파 먹엉 살았수다

그 일본놈안티 빼앗기지 말젠 ᄒᆞ끔 더 산데레 간
땅 파먹으멍 어떵어떵 살단 해방되연
ᄒᆞ끔 베롱ᄒᆞᆫ 세상 왐시카부덴 ᄒᆞ단 보난

ᄂᆞ려가지 않으민 죽이켄 ᄒᆞ는디
집 걱정 도세기 걱정 ᄒᆞ멍 뵈리단 보난
밍그적 거렴땐 ᄇᆞᆯ라불곡
삼촌 심어가는 거 보멍 들어앉앙 울어가난
느도 ᄀᆞᇀ이 갈타 ᄒᆞ멍 끗어가단 ᄇᆞᆯ라불곡

산에 불나곡 집에 불나곡
사름덜 죽곡

이런 칭원혼 시상 또 이시카

아기 죽으면 가슴에 묻는다는 말

아기 죽으면 가슴에 묻는다는 말
느네가 어떵 아느니
ᄉᆞ태 때 아기 아방
아척마다 불려강
꿇어앉앙 매맞곡 ᄇᆞᆲ히곡 ᄒᆞᆯ 때
나 ᄇᆞᆨ ᄇᆞᆨ 털어가민 아긴 울젠 ᄒᆞ곡
아기 울민 큰일 나카부덴 입 막아불민
아긴 숨 막히연 기절히여 불곡

경히영 집에 오민 아긴 젖 빨지 아니ᄒᆞ곡
어떵 어떵 달래영 아기가 젖 빨젠 ᄒᆞ민
어멍 젖 안 나오곡

아기도 울곡
어멍도 울곡

그 아기 나 손으로 죽인 거여
그 아기 어떵 땅에 묻을 말고

어멍 잘못 만나 죽은 아기
어떵 땅에 묻을 말고
어디 강 묻을 말고

어떵 묻을 말고
어디 묻을 말고

팽나무는 알고 있다

나무야, 넌 알고 있지?
사람들이 그때 왜 횃불을 올렸는지?
사람들이 왜 말 못하고 가슴만 쳐야 했는지?
왜 죄 없는 목숨들이 무참히 짓밟힘을 당해야 했는지?

남쪽으로 뻗은 나뭇가지가 서로 마주쳤다.
닥닥닥 슥슥슥 닥닥닥 * * * - - - * * *

아니, 왜? SOS를 쳐? 무슨 일 있어?

그때 우리 동네 사람들은
사람답게 살려고 서로서로 구조요청을 했던 거야.
내 허리께쯤의 나이테를
LP판으로 만들어서 자세히 들어봐.
무지막지하게 자르지 말고 CT같은 걸로 찍어서

바람 같은 소리밖에 안 나겠지만 그 소리는 나의 언어거든
그걸 너희 언어로 번역해 봐.

사이사이에 모스 부호도 많아, 그것도 옮겨 보고.
나의 역사 나이테에는 아주 많은 것들을 담아 두었거든.

팽나무야, 넌 알고 있지?
우리 동네 사람들에게 아무 색깔도 없었던 걸?
지들이 마음대로 색칠하고 마음대로 밟고 죽인 거.
알고 있지?

닥슥닥닥 닥슥닥닥 닥슥 닥슥닥닥
_*** **** *_*** *_** __* **_

뭐?
꼭—두—각—시—
그래, 끈 떨어진 꼭두각시처럼
혼이 나가 버린 미친 놈들었지.

부끌레기 동동

어멍 아방 장에 가분 날
비 ᄒᆞᆫ 주제 작작오민
마당에 물이 ᄀᆞ득
물이 번번
물 ᄀᆞ득ᄒᆞᆫ 마당에 부끌레기 동동 떠 댕기민
코풀레기 아시영 난간에 조즈레기 앉앙

비야 비야 오지 말라
장통 밭디 물 골람져
만축 새끼 장개 가는디
멩지 장옷 다 젖엄져
비야 비야 오지 말라
장통 밭디 물 골람져

어멍 아방 지ᄃᆞ리는 눈에
눈물 ᄀᆞ득
부끌레기 동동
어멍 얼굴 아방 얼굴

부끌레기 동동
부끌레기 동동

코풀레기 우리 아시

중중 까까중 빡빡 대가리
솥강알에 지더둔 감저 판 먹단 보난
양지는 망고냉이
콧물은 후룩 후루룩
거멍훈 손꼽데기 심방 만축 심어당

춤추라 춤추라
어멍신디 보내주마
절 ᄒᆞ라 절 ᄒᆞ라
저 산데레 꼬박꼬박
이 산데레 꼬박꼬박

우리 아시 코풀레기
망고넹이 얼굴에
콧물은 후룩 쓰윽
빙세기 웃는
코풀레기 우리 아시

재열재열 ᄂᆞ려 오라

ᄆᆞᆯ 조롬에 으세기 강
ᄆᆞᆯ 꼴랑지에 ᄆᆞᆯ총 ᄒᆞ나 뽑는 디
잘못 ᄒᆞ당 ᄆᆞᆯ 뒷발로 ᄒᆞᆫ 대 맞으카부덴 멩심ᄒᆞ영
진진ᄒᆞᆫ 걸로 뽑아당
왕대 끝에 호로쌔기 맨들앙 재열 잡는디

재열재열 ᄂᆞ려 오라 개똥 범벅 주마
왕왕자리 ᄎᆞᆷ끈 물라 왕왕자리 ᄎᆞᆷ끈 물라
재열재열 ᄂᆞ려 오라 개똥 범벅 주마

소리 히여가민
왕재열이 ᄆᆞᆯ총데레 발 주왁주왁ᄒᆞ당
확 호로싸민
잭- 쬑엑- 쬑에엑- 재열이 우는디
귀창 떨어지게 재열 우는디
오꼿 자는 아기 깨와 불었져

곱을락 ᄒᆞᆯ 사름

곱을락 ᄒᆞᆯ 사름 이디 붙으라
곱을락 ᄒᆞᆯ 사름 이디 붙으라

손가락 ᄒᆞ나 세왕
소리 ᄒᆞ멍 돌아뎅기민
동무 동무 어깨동무
땅 따먹기 ᄒᆞ당 나오곡
배튈락 ᄒᆞ당도 나오곡
질 에염에 앉앙 풀 ᄐᆞ당 놀당도 나오곡
손가락 잡으멍 '곱을락 ᄒᆞ게'
멍구슬낭 ᄒᆞ나 '팡' 정히영
두 손으로 눈 막앙 팡데레 돌아상

무궁화꽃이 피었습니다
무궁화꽃이 피었습니다 …

이레 곱곡 저레 곱곡
이레 흘긋 저레 흘긋

곱은 사름 ᄎᆞᆽ앙 팡 짚으민

꼭꼭 숨어라
머리카락 보인다
곤밥 ᄒᆞ민 나오고
보리밥 ᄒᆞ민 나오지 말라

날 어두왕 왁왁 ᄒᆞᆯ 때ᄁᆞ지 이 올레 저 올레
무궁화꽃이 훤ᄒᆞ게 피었습니다

우럭 삼춘

우리 삼촌
촘대 들렁 괴기 낚으레 가멍
괴기 걱정ᄒᆞ멍 소리ᄒᆞ는디

우럭 삼춘 멩심홉서
지난밤의 꿈을 보난
쉐바농도 입에 물어 뵙디다
홀쳐도 뵙디다
대구덕에 잠도 자 뵙디다
장도 칼도 ᄋᆞ픠 차 뵙디다
눈살도 맞아 뵙디다
ᄃᆞᆫ불도 쪼아 뵙디다
술도 삼 잔 맡아 뵙디다
절도 삼 배 받아 뵙디다

괴기 낚으멍 괴기 걱정ᄒᆞ는 우리 삼촌
괴기가 아멩 하도 쓸만이만 낚아지민
ᄀᆞ딱ᄀᆞ딱 걸엉 집에 오멍도

대구덕에 든 괴기 걱정
바당에 든 괴기 거념
거념 제운 우리 삼촌

ᄒᆞᆫ 다리 인 다리

눈은 팡팡 오곡 손은 곱은디
ᄆᆞᆯ똥 쇠똥으로 굴묵짇은 구들에
좋애 뻗엉 앉앙
아기영 어멍 아방이영 할망 할으방이영
좋애 뻗엉 앉앙

ᄒᆞᆫ 다리 인 다리 개청 대청 워님 수수 구월 나월
행견 밧디 버디 나무 알롱달롱 지둥에 척

아기는 ᄒᆞ나 둘 싓 닛 배우당 내부러뒁

ᄒᆞᆫ 다리 인 다리 개청 대청 …
… 알롱달롱 지둥에 척

새근새근 잠이 들었다

조쿠덕 ᄉᆞᆫ아부난

옛날 뒷날 환상보리 ᄒᆞᆫ 되 타단
앙작 ᄀᆞ레에 벌작 ᄀᆞ레에
ᄃᆞᆯ음ᄃᆞᆮ는 족박에 벨 보는 집에
멍석 ᄁᆞᆯ안 밥 먹는디
아방 ᄒᆞᆫ적 어멍 ᄒᆞᆫ적
아덜 ᄒᆞᆫ적 메누리 ᄒᆞᆫ적
먹단 족으난
강생일 베리난
강생인 용심나난 고냉일 물어부난
고냉인 용심나난 중일 물어부난
중인 ᄃᆞᆯ아나멍 조쿠덕 ᄉᆞᆫ아부난
ᄃᆞᆰ 배 속옵에
ᄃᆞᆰ 배 속옵에

ᄒᆞ다 칭원히영 ᄒᆞ지 말라
ᄃᆞᆨ세기 나민 ᄌᆞᆺ어당 ᄑᆞᆯ앙
멩질 때 쓸 괴기 사당 쓰민 되주

저 산 보멍 절 ᄒᆞ는 거

눈 팡팡 오는 날
콩국 끓영 봉끄랑 ᄒᆞ게 먹엉
우리 다ᄉᆞᆺ 식솔
발 막앙 앉앙

저 산 보멍 꼬박꼬박 절 ᄒᆞ는 거 무싱 것고
미삐쟁이여
미삐쟁인 흰다 희민 할애비여
할애빈 등 굽는다 등 굽으민 쇠 질멧가지여
쇠 질멧가진 니 구멍 난다 니 구멍 나민 시리여
시린 검나 검으민 가마귀여
가마귄 ᄂᆞᆸ뜬다 ᄂᆞᆸ뜨민 심방이여
심방은 두드린다 두드리민 철쟁이여
철쟁인 ᄌᆞᆸ은다 ᄌᆞᆸ으민 깅이여
깅인 붉나 붉으민 대추여
대춘 ᄃᆞᆯ다 ᄃᆞᆯ민 엿이여
엿은 흘튼다 흘트민 지레기여
지레긴 보리 먹나 보리 먹으민 ᄆᆞᆯ이여

ᄆᆞᆯ은 탄다 타민 배여
밴 뜬다 뜨민 연이여
연은 ᄋᆞᆺ ᄃᆞᆲ 고망 난다 ᄋᆞᆺ ᄃᆞᆲ 고망 나민 창이여
창은 ᄇᆞᆰ나 ᄇᆞᆰ으민 ᄃᆞᆯ이여

ᄒᆞ단 보난 밤은 짚이 들고
ᄃᆞᆯ은 훤ᄒᆞᆫ 디
꿈자리에는
들로 산으로 하늘로 바다로
ᄃᆞᆫ고 ᄂᆞᆯ고 들고 나고

불란지야 불 싸지라

앞담 ᄆᆞᆯ아졌져 뒷담 ᄆᆞᆯ아졌져
헤싸진 담 멫 개고
ᄒᆞ나 ᄒᆞ나 세여 보라

더위에 지친 여름날을 놀던 아이들이
날 어두워지는 때를 기다려
시들어 버린 수컷 호박꽃 하나씩 따서
개똥 내 나는 반딧불 담아 들고
어두워 가는 골목길을 밝혀 들고

불란지야 불란지야
이레 오라 내려오라
개똥 범벅 하영 주마
쇠똥 범벅 하영 주마
불란지야 불 싸지라
불란지야 불 싸지라

이빨 빠진 아이들 노랫소리
어둠은 달아나고
어린 꿈은 밝아지고

제4부

길이 없는데 길을 간다

쁘레 따 소바나품

덴 데이 크메르 쁘레 따 소바나품
크메르는 황금의 나라라네

캄보디아 뜨로빼앙오닝 마을 이장님댁
벽을 타고 오르는 '진짜' 도마뱀
문명의 불빛에 취한 듯 서너 마리 곡예를 타고
라디오에선가 차렁차페이가 들려오면
평화와 건강을 담은 압사라춤이
천 년 세월을 넘나들었다

깊이를 알 수 없는 순수의 까만 눈으로
열한 살 반나는
매일 아침 저녁으로
우리들을 보살펴주었다

영광의 도시라는
야소다라뿌라는
역사 속에 깊이 깊이 잠들고

여덟 살 완래이의 호기심 어린 눈은
낯선 이방인을 관찰하는데 여념이 없다

'깡'이라는 자전거만 있으면
어디든 달려갈 수 있는 아이들
달빛만 찬란하면 이들이 바로 피터 팬이 되어
하늘을 마음껏 날 수 있으련만
기대했던 달빛은 잠깐일 뿐

덴 데이 크메르 쁘레 따 소바나품
덴 데이 크메르 쁘레 따 소바나품

휘파람새가 되었다

캄보디아 뜨로빼앙오닝 마을
좁다란 골목길
제주평화봉사단을 맞아
알록달록 패인파웅 풍선과 아이들이 왁자지껄하다

아이들과 숫자공부를 한다.
하나 둘 셋 넷 다섯
모이 삐 빠이 뿌운 쁘람
여섯 일곱 여덟 아홉 열
쁘람모이 쁘람삐 쁘람빠이 쁘람뿌운 덥

모이 빠이 쁘람 쁘람삐 쁘람뿌운
삐 뿌운 쁘람모이 쁘람빠이 덥
우리들이 더듬더듬 아이들로부터 숫자 공부 할 때
뜨로빼앙오닝 마을의 새들은
서로에게 톡을 날리느라 정신이 없을 것 같았다.
이 마을에 휘파람새가 있다면,
낯선 얼굴들을

"삐 빠이 삐 빠이 삐 뿌운 쁘람"하고
우리들을 세어 볼 것만 같았다.

새들이 없었다.
농촌인데도 새 소리를 들을 수 없었다.
나무들이 많은 열대우림 지역인데도
새들을 볼 수 없었다.
아이들과 숫자 공부는 계속되었다.
삐 빠이 삐 빠이 삐 뿌운 쁘람
삐 삐 빠이 뿌운 쁘람
아이들도 우리들도
휘파람새가 되었다.

크말 쓰메 정꽁 저으

뜨로빼앙오닝 마을
열한 살 반나에게 크메르어를 공부했다.

'깡'이라는 자전거를 타고 다니는 반나는
'모또'라는 오토바이 타는 꿈을 키우고 있었다.
우리 봉사단이 엉프리아스다이 학교까지 '뚝뚝이'에 몸을 싣고 오갈 때도
반나는 '깡'을 타고 좇아다녔다.

내일 교육팀에서 학생들과 함께 할
'머리 어깨 무릎 발'을 반나에게서 배웠다.
"크말 쓰메 정꽁 저으"

몸짓과 함께
'크말 쓰메 정꽁 저으 정꽁 저으' 춤을 추었다.

'진짜'라는 도마뱀들이 어느새
천정까지 와 함께 춤을 추었다.

차카이(개)들은 우리들의 움직임따라
동향 보고하듯 간간이 짖어대었다.

나의 꿈속까지 쫓아온
크말 쓰메 정꽁 저으
크말 쓰메 정꽁 저으 정꽁 저으

동무야 나오너라

캄보디아 뜨로빼앙오닝 마을
단꿈을 깨우는 건 모안(닭) 울음소리였다.
새벽 1시쯤 어디서 한 마리가
"꼬기곡"하고 울기 시작했다.
릴레이하듯 이어지는 닭 울음소리.
어렸을 적 내 고향의 닭 울음소리와 달리
한 박자가 늦은 것 같아 많이 낯설었다.

2014년 7월에 닭 울음소리에 깨어 보다니,
70~80년대까지만 해도 제주에서 듣던 소리같은
어렸을 적 추억에 잠시 젖어 보았다.

어깨동무하던 친구들이
닭 울음소리 따라 떠올랐다.
추억을 소환했다

"우리 집에 왜 왔니? 왜 왔니?
꽃을 따러 왔단다, 왔단다."

동무들이
나의 꿈자리까지 물어물어
찾아왔다

프놈팬의 보름달

프놈팬에서는 보름달이
해지는 모습이 궁금해서
서둘러 뜬다
저녁놀에 색이 바랜 빛깔로 떠서
프놈팬의 건강과 평화,
야소다라뿌라(영광의 도시)의 명성을 되뇌인다.

빛바랜 보름달이
제 성깔을 보일 때쯤
메콩강에 천 개 만 개의 보름달이 떠서
물결 따라 출렁이면
프놈팬 시민들도 강변으로 모여들어
건강과 평화를 위해
두 손을 모은다
야소다라뿌라의 역사를 찾아
두 손을 모은다

물 길러 다니는 아이들

아프리카 우간다
쿠미 사람들의 하루는
물 긷는 일부터 시작되었다.
물은 모두 아이들 몫이었다.
머리에 이거나 때로는 끌거나
모두 노란 물통을 가지고 다녔다.

'아프리카'하면 가뭄과 오염된 물이 떠올랐는데,
곳곳에 물펌프가 설치되어
가까운 펌프장으로 들고 나고 있었다.

아포루오콜 학교를 오가는 길에서도
읍내 장터로 가는 길에서도
은예로보건소 한 쪽에서도
펌프장마다
노란 물통이 길게 줄 서 있었다.
아이들의 손 펌프 소리는
멀리까지 퍼져 나갔다.

다그닥 다그닥 다그닥

마중물 없이도 올라오는 물은
비교적 깨끗했다.
먹을 수 있냐는 손시늉에
모두 고개를 끄덕이며 환하게 웃어 주었다.

다그닥 다그닥 다그닥

잠시 눈을 감았다.
어디선가 말 달리는 소리가 들리는 듯했다.
역사의 언덕을 지나
휘파람 소리도 들리는 듯했다.

어린아이들은 맨발이었고
춤추듯 아주 즐겁게 펌프질을 했다.
"요가 게레"(안녕하세요)
한 손을 흔들면서도

펌프질을 했다.

다그닥 다그닥 다그닥

내일을 향해 커다란 눈망울 굴리며
말 달리고 있었다.

시간을 잊어라

아프리카 우간다에서는
한국시간을 잊어버려야 했다.
잊어야만 되었다. 시차 적응을 위하여

아침 6시는 한국시간 낮 12시
낮 12시는 한국시간 저녁 6시
우리가 봉사활동을 마치고 캠프로 돌아오는
저녁 8시는 한국시간 새벽 2시
우리들이 서로 말 섞으며 술잔을 치켜들던 시간에
우간다에서는 새벽닭 울음소리가 시작되었다.

시간을 잊으면서
한국 가족들과의 소통도 잊어야 했다.
새벽 2~3시에 한가한 소리로
잠을 깨워서는 결코 안 되었다.

'6시간'이라는 시차
마음을 비워야만 시차 적응이 되는데도

잊으려고 애쓸 때마다 되살아나는
한국시간의 그리운 얼굴들
그때 그 크게 웃던 웃음소리들

자고 일어나던 오래된 시간도
먹고 놀던 진한 시간도
잊어야만 했다. 아프리카에서는

아니다 아니다
우간다 쿠미의 초가집들과
끝 모르게 길게 뻗은 붉은 흙길과
아이들의 호기심 어린 큰 눈망울과
꾸밈없는 웃음 너머
가난과 불안의 씨앗인 그 폭력의 역사들은
잊어서는 안 되는 아프디 아픈 시간이었다.
결코 잊어서는 안 되는 시간들이었다.

손 흔드는 아이들

아프리카 우간다 쿠미의 아이들은
자동차 소리만 나면
멀리서부터 달려 나와 손을 흔들었다.

골목길에서 달려오기도 하고
밭일을 하다가 허리를 펴고 달려오기도 했다.
한 손에 옥수수를 들고 있는 아이도 있고
감자나 카사바를 들고 있는 아이도 있고
손 흔드느라 배꼽을 다 보여주는 아이들도 있었다.

일하는 아이들이거나
달려오는 아이들이거나
바나나를 쥐고 있는 아이이거나
손 흔드는 아이들은
맨발이었다.

밭일을 한다는 것이
학교 가는 것보다 더 중요한 일이었을까.

신발은 밭 가장자리에 벗어놓고
맨발로 일하는
학교 등교 대신 일하던 아이들은
더 간절히 손을 흔들었다.

우간다 쿠미의 아이들은
오늘도 손을 흔든다.
세계를 향해 내일을 향해
800킬로미터나 멀리 떨어진 인도양
그 넓은 바다를 향해서도
내륙국 우간다 아이들은 손을 흔든다.
오늘도 내일도

우간다에 멀구슬나무가 있었다

내 고향 제주도 마을 어귀의 멀구슬나무가
아프리카 쿠미에도 있었다.

집집마다 한두 그루씩 키우고 있는 멀구슬나무는
사이몬네 마당에도 옹고디아네 마당에도
은예로보건소 한쪽에도
흙먼지 날리는 도로가에도 있었다.

이곳 사람들이 '데라'라고 하는 멀구슬나무
내가 어릴 적 긴 작대기로 칼싸움 하던 추억의 시간이
제주 초가집과 올레를 배경으로 지나갔다.

길게 자란 것들은
자루가 긴 먼지털이처럼 흔들리며
세상 먼지를 털어내는 것 같기도 하고
우간다 아이들이 순수하고 맑은 눈동자를 굴리며
손을 흔드는 것 같기도 했다.

우리들의 할머니 할아버지 적 제주에서는
딸을 나면 멀구슬나무 한 그루 심었다가
시집갈 때 궤짝 하나 만들어 주었다던데
쿠미의 옹고디아네 데라는
기둥도 서까래도 없는 에또고이니야 초가집
천정을 굳게 굳게 받쳐주고 있었다.

멀리 멀구슬나무 데라 위로
무지개 에딸루까가 떠 있었다.

가위질이 서툰 선생님

우간다 쿠미 선생님들이
알록달록 색종이를 가위로 자른다.
서툴게 비틀비틀 자르며
마음대로 안 된다고 웃는다.
서로 보며 웃는다.

색종이로 꽃을 만든다.
우선 자기 머리에 꽂아
거울을 보고 옆짝에게도 꽂아 준다.

색종이로 하트를 만든다.
세상의 아이들을 향해
하트를 날린다.
뿅~ 뿅~ 하트를 날린다.

가위질이 서툰 선생님들이
색종이 사슬을 만든다.
일단 옆짝과 목에 걸어 엮어 본다.

만들고 만들어 서로를 엮고 잇는다.
엮고 엮어 길고 길게 이어진 색종이 사슬
우리들의 얽힘도
길게 길게 이어지길 기대하며
노래를 한다.
우간다 쿠미 아이들이
더 밝고 환하게 웃으면서 자라기를
모두 한 마음으로 노래한다.

베개가 없는 잠

사마귀가 몸에 앉으면 복이 찾아온다던 옹고디아네
초가집 에또고이니야 침대에는 베개가 없었다.

'베개 없는 잠'은 내게 얼른 상상이 안 되었다.
태어나면서부터 작은 베개를 시작으로
60년 넘게 크고 작은 여러 종류의 베개를 베고
수없이 많은 생각과 회상 속에 스치고 지나갔을 얼굴들
젊은 꿈이 많이 깃든
눈물로 얼룩진 베개

당연히 생각했던 베개
베개 없는 잠을 청하면서 이들의 삶을 상상해 보았다.
조이가 들려줬던 이야기
이곳 아이들은 가축들과 함께 자기도 한다는
그렇다면 침대도 없이 맨땅에 자기도 한다는 것일까.
베개 없는 잠은
에또고이니야 지붕의 뾰족한 것처럼
생각의 끝을 겨누고 있었다.

역사 터널을 달리고 있었다.

이웃 나라 에티오피아에서 발견된
호모사피엔스 화석
현대인의 조상이 시작된 동아프리카의 밤을
베개 없이
잠을 청한다.

별빛 샤워를 했다

우간다 쿠미
적도 하늘의 초승달은
초저녁인데도 중천에 떠 있었다.
그냥 잠깐이었다.
서둘러 서쪽 하늘로 금방 기울었다.

별들이 총총 반짝였다.
별자리가 확연하고 또렷했으며 아주 가까이 다가왔다.
열두 살 조비아가 가지고 놀던
쇠똥구리 고코로지 같은 별자리도 있었지만
짐작되지 않는
동경 32° 북위 00°의 하늘.
하늘과 많이 많이 가까운 해발 고도 1,200고지
전기가 없는 쿠미의 밤하늘
은게로초등학교 아이들의 오카리나 선율을 따라
별빛은 좀 더 가까이 다가왔다.
나는 별빛 샤워를 했다.

단추를 풀고 두 눈을 감았다.
별빛이 더 찬란하게 다가왔다.
두 팔을 벌렸다.
심호흡을 했다.
별들의 향기가 내 몸 안으로 들어왔다.
별빛 샤워가 나의 어른 냄새를 씻고 또 씻어 주었다.

우분투

우리는 세계, 우리는 어린이
우리는 밝은 날을 만들어야 합니다.
We are the world, we are the children
We are the ones who make a brighter day

밝은 날은 '우분투 ubuntu'
진실 용서 화해 자비 상생으로
미래를 향한 밝은 날
밝은 날을 만들어야 합니다, 당신은

당신은 최고의 선 '숨뭄 보눔 summum bonum'
당신을 향한 찬사는 '유, 우 노분투 Yu, u nobuntu'
당신은 세계가 하나가 될 수 있도록
이 세계가 안고 있는 문제에 귀 기울여야 합니다.

'사람은 다른 사람을 통해 사람이 된다.'
'나는 속하고 참여하고 나누기 때문에 인간이다'는
데스몬드 투투의 이야기를

뜨거운 가슴으로 가득 안고

누군가 어디선가
나와 당신이 언제나 어디서나
우리는 세계, 우리는 어린이
We are the world, we are the children

* We Are the World _1984년 에티오피아 대가뭄으로 인한 기아 사태를 돕기 위한 자선 음악

무릎을 꿇은 글로리아

우간다 쿠미에서 홈스테이를 했다.
옹고디아네 초가집 에또고이니야에서
이틀을 묵었다.

별들이 아주 가까이 다가온 밤
스무 살 글로리아가
내게로 와서 무릎을 꿇었다.
한 손에는 대야를
한 손에는 물을 들고

글로리아가 무릎을 꿇었다.

나는 엉겁결에 일어나
서지도 앉지도 못한 엉거주춤 자세로
손을 씻었다.

나도 그들 앞에 무릎을 꿇었다.

새벽이슬이 내려앉아 젖은 마당에서
가족사진을 찍는 핑계로
카메라 하나 들고

그들 앞에 두 무릎을 꿇었다.

낯설었는지 뜨아한 얼굴을 했다.
'스마일' 소리에
카메라 플래시 터지듯 입술이 터지며
크게 웃었다.
그 큰 입 다 벌리고
하얀 이빨 다 드러내며 웃었다.

글로리아는 더 활짝 웃었다.

창밖의 아이들

아프리카 우간다에서 아이들을 만났다.
아이들의 눈빛만큼 순수하고
아이들의 웃음소리만큼 가슴 벅찬 일이 또 있을까.
맑은 소리로 노래하며 손을 흔들던 아이들

우간다 쿠미 아이들이
창문을 사이로
교실의 안과 밖으로 나뉘었다.

창밖의 아이들은 웃음을 잃었다.
눈을 더 크게 뜨고
창살에 매달려
눈이 빠지게 창 안을 들여다보았다.

우리들을 향해, 세계를 향해
웃으면서 손을 흔들었을 아이들이
창밖에서
안으로 들어오지 못한 채

목을 빼고 교실 안을 쳐다보았다.

아니다, 이건 아니다.
이 아이들에게서
웃음을 빼앗아서는 안 되는 거였다.
창밖에 그냥 있게 해서는 안 되는 것이었다.

그래, 우리 모두 밖으로 나가자.
창이 없는 운동장으로 나가자.
지붕이 없으면 또 어때?
나무 그늘만 있어도 충분한 우리들의 교실
자, 함께 웃고 떠들고
손을 흔들자.
세계를 향해 마음껏 손을 흔들자.

페 레이 우니 웅온

아프리카 우간다에서 태소어의 숫자 단위는
하나 둘 셋 넷 다섯이
Idiope Iyarei Iwuni Iwong-on Ikany
이디오페 이야레이 이워우니 이워웅온 이카니

나는 많이 당황했다.
우리 생활에서 아주 기본적인 숫자 단위가
이렇게 여러 음절인 경우가 있었을까.

여섯 일곱 여덟 아홉 열은
Ikanyape Ikanyarei Ikanyauni Ikanyang-on Itomon
이카냐페 이카냐레이 이카냐우니 이카냥온 이토몬

자세히 살펴보았더니 5진법이었다.

나의 상상력은 호모사피엔스의 원시 언어로 향하고 있었다.
숫자 단위에 공통되는 '이'를 모두 빼 버리고
다시 세어 보았다.

이테소족을 테소족, 이테소 언어를 태소어
우간다를 간다 왕국, 그 종족은 바간다
바냐콜, 바소가, 바기가, 바기수 등 '바'가 붙는 종족도 많다.
'바'가 붙으면 종족을 일컫는 건가?

'이'를 모두 빼 버리고 다시 세어 보았다.
디오페 야레이 워우니 워웅온 카니
카냐페 카냐레이 카냐우니 카냥온 토몬

또 여섯 일곱 여덟 아홉 앞에 공통으로 붙는 '카냐'를 뺐더니
pe페 rei레이 uni우니 ng-on웅온 kany카니

믿거나 말거나
그냥 상상으로 원시어를 따라 걸어본 것일 뿐

아니다 아니다
이렇게 길어진 이유가
멀고 먼 시간을 걸어오면서 죽지 않고 살아가는 그 어떤 무엇이

숨어 있을지
숨어야 살 수 있었던
숨 죽여 살아야만 했던
그 어떤 삶의 숨결이 숨어 있을지도 모를 일이다.

별요일 밤은

몽골 중하라의
월요일 밤이 깊어가면서
달은 잠시 산 너머로 건너 가버리고
별들만이 머리 위 하늘 가득하다
북두칠성이
북극성이
아주 가까이 다가와 있었다

거문고자리를 찾았다
카시오페아자리와 더불어
높고 낮은 음자리표들이
별자리 틈새에서 깜박이고 있었다
잠깐 눈을 감았다
아깃적 엄마가 들려주던 노래가
별빛 폭포 속을 헤치고 내게 다가왔다
가락을 따라 은하강물이 짙게 엷게 흘렀다
별요일이었다

길이 없는데 길을 간다

초원의 나라 몽골에는 길이 없다
내가 가는 길이 곧 길이다
여러 사람이 다녀 좀 길이 되었다 싶어도
긴 긴 겨울 지나고 나면
계절 바뀌듯
길은 있다가도 없어지고 만다

길이 없음으로 길을 잃지는 않는다
가끔 방향을 잃으면
들판의 향기를 찾거나
잘 불지도 않는 바람의 냄새를 맡거나
잠시 어두울 때를 기다려
머리 위에 별빛 잔치가 벌어지면
별자리 찾듯 별빛 폭포 속을 가면
또 길이 된다

초원의 나라 사람들에게는
막다른 골목이라느니

길이 끊겨 더 이상 갈 수 없다는
그런 말은 없다
그러나 밤길은 가지 않는 게
초원의 법칙이다

생각의 길도 그런 것 같다
급할 것도 없고 막힐 것도 없다
좀 부대끼면 조금만 돌아서 가면 또 길이 된다
초원의 나라 사람들은
언덕 너머가 궁금하면
길을 낸다
그리고 또 길을 간다

초원의 나라에서는 1

좀 산다고 자랑질이나 하고
비교 우월감에 사로잡힌 물질 중독자들이
초원의 나라 사람들의
정신세계를 읽으려 든다면
그거야말로 오만방자함이다

그 자랑질로는
그런 우월감으로는
7개월의 기나긴 동토의 겨울과
숨쉬기조차 버거운 황사의 계절을 이겨내기는
저 드넓은 초원의 마른 풀 이파리만도
힘이 되지 못한다

힘들다 고생한다는 말은
눈도 뜰 수 없고 숨이 컥컥 막히는
중하라 황사의 계절을 지나고 나면
그 말이 얼마나 호사스러운 말인지
입과 귀를 씻고 또 씻어야 할 것이었다

코피가 나거나 머리가 아프거나
안압이 높을 때
앉아서는 쉬는 게 아니었다
반듯이 누워 눈을 감고 숨을 고른 다음부터
비로소 마음의 평안을 찾듯
높은 하늘처럼 맑아지며
비워지는 나의 욕심

초원의 나라 사람이 된다는 것은
폐 깊숙이 황사 몇 순가락 쌓아 두고
여름이면 윗도리를 다 벗은 맨살로
더위를 누리고 누리는 것이다

여름은 평온했다
바람은 참으로 귀했다

소롱고쓰

초원의 나라 사람들은
한국을 '소롱고쓰'라고 불렀다
'무지개 나라'라는 뜻이라고 했다

몽골 사람들은
언덕 위에 무지개가 뜨면
남쪽 나라 '소롱고쓰'를 떠올리는 걸까

나를 일주일 동안 보살펴 준
아무카네 식구들도
나를 보면 무지개를 떠올렸을까
페친을 맺고
주고받은 사진 속에는
무지개 웃음이 피어 있었다

초원의 나라에서
자문자답을 해 본다
내가 사는 '한국'

그게 무슨 뜻이냐고 물어보면
뭐라고 대답하지
또 Korea는

다행스럽게도 궁금해하는
사람이 없었다

'몽골'은
'용감하다'는 큰 뜻을 펴고 있었다

초원의 나라에서는 2

초원의 나라 몽골의 8월
중하라의 바람은
어쩌면 '기운'으로만 존재하고 있는 걸까
그냥 서늘한, 차가운, 쌀쌀한, 따뜻한, 더운
그런 기운으로만 느껴졌다

초원의 나라 사람들에게 '바람'은 무엇일까
황사철이 아니면
계절이 바뀌는 길목이 아니면
귀하디 귀한 바람

황사철 흙먼지 바람이
눈도 못 뜨게
숨도 제대로 못 쉬게 지나고 나면
옷 속으로 파고드는 먼지 한 아름 안고
지친 몸으로 시간의 언덕을 쳐다볼 때쯤
기다리고 기다리던 짧디 짧은 여름이
비로소 오는 것을

남자들은 윗도리 모두 벗고
맨몸으로 더위를 맘껏 누리고
엎드린 듯 키 낮은 풀잎은
초원 바닥에 내려앉은 기운 따라
향기를 품었다

구름은 아주 높고 엷었다

중하라에 비가 내리면

연평균 강수량 200밀리미터의 초원 중하라 8월에
비가 내리면
모두 모두 일어선다
누워 쉬던 소도 낙타도 양도 말도 야크도
가뭄에 지친 온갖 풀들도
할아버지 할머니도
아빠 엄마도 아이들도 이제 막 걸음마를 걷는 아기도

길거리를 서성이던 개들은 더 힘차게 내달리고
울타리에 앉아 쉬던 참새들의 소리도 더 커진다
사람들의 웃음소리도 더 맑아진다

몽골 중하라에 비가 내리면
모두 밖으로 나온다
비를 온몸으로 맞으며
옷을 흠뻑 적셔야
비로소 그 짧은 여름을 누리는 것
그런데 그런데

멀리 천둥 번개하면서도 잠시 잠깐
눈썹이나 팔뚝 털에 이슬 맺을 정도
그래도 그래도
멀리라도 비가 많이 왔겠거니

중하라에 비가 내리면
잠시 잠깐 작은 비에도
모두 모두 일어선다
사람들의 발걸음에 음악이 실리고
온갖 풀들은 향기를 품는다
중하라에 비가 내리면
비가 내리면
비가 내리면

테를지 고원의 꽃들은

내가 사는 제주에서는
달개비꽃이나 산수국이 더위에 지쳐
파랗게 질리는 줄로만 알았다
테를지 고원에서는
온갖 꽃들이 엎드린 듯 작은 키로
땅과 더 가까이 하고
더위를 더 많이 누리기 위해
파랗게 파랗게 변신한다

테를지 고원의 하얀 꽃 에델바이스는
고운 솜털로 한밤중 찬 서리를 받아
목마름을 채우며
고원의 아침을 맞는다

테를지 고원의 꽃들은
낮은 자세로 엎드려 살지만
아침 안개가 내려오는 때를 기다려
온몸의 털을 곤두세우고

하늘을 맞이하는 법으로
고원의 높이를 감당해낸다

테를지 고원의 꽃들은
낮은 자세로 더 높은 뜻을 품는다

테를지 고원의 야생마

테를지 고원에 사는 말들은
땅만 보면서 살아가지만
가끔 하늘을 보고 싶을 땐
가파른 돌산을 오른다

돌산도 내 땅이다 확인하고 싶을 땐
초저녁 때를 기다려
아무도 오르지 못할 수직 절벽을
오르고 또 오른다
그날 밤은 별빛 연주회에 초대 받고
빗소리 음악을 듣는다

고원 암벽에 사는 야생마들은
비탈진 좁은 구석에 잠자리를 마련하지만
끝없는 초원을 달리고 달려
소롱고쓰의 산과 강을 달리던
옛 추억을 꿈꾸기도 한다
별자리를 찾아

남쪽으로 머리를 하고
전설처럼 들었던 파도 소리를
꿈꾸기도 한다

어워에 기대어

몽골 고원
하늘이 더 가까운 초원의 고갯마루에
가다가 가다가 지칠 때쯤
어워가 형형색색의 얼굴로 반겨주었다
파랑 노랑 빨강 하양 푸른
오색 옷자락 휘날리며
반겨주었다

돌 한덩이 얹어 놓고 두 손을 모은다
고개 숙이고 눈은 감았지만
하늘 더 높이 더더 높은 곳을 향하여
침묵으로 외쳤다
대한민국 땅에서 흙을 밟으며
여기까지 올 수 있는 날이 하루빨리 오기를
땅으로 달려
여기까지 올 수 있는 날이
어서 빨리 오기를

자연과 소통하는 법

김지연 시인

『꿔다 놓은 보릿자루』는 자연에서 출발하여 자연으로 회귀되는 의미구조를 갖고 있다. 그런데 이 의미구조는 단순히 자연 친화적 정서만을 가리키는 게 아니다. 우리는 시집 전반에 걸쳐 다양한 스펙트럼으로 변주된 자연을 만날 수 있다. 그것은 친구가 되고 때로 애인이 되며 때로는 그치잖고 이어지는 역사가 된다. 그 마디마디에서 흘러나오는 시인의 목소리도 지극히 자연스럽다. 마침내 그 자신이 자연으로서 시집 속에 자리 잡고 있는 것이다.

1. 소명

오랫동안 걸어온 길 위에 멈춰 서서 문득 뒤돌아보는 때가 있다. 등 뒤에 새겨진 발자국들이 생경하게 느껴진다면 꼭 한 번쯤

던져봐야 할 질문, 그렇게 '시인과 나무' 연작시들은 시인에게 근본적인 화두를 던진다.

> 시인의 뜰에 사는 나무는 그림자 하나 키운다
> 나무는 사람의 손발 대신 그림자 하나 키워서
> 서로를 사랑한다
> 아침이면 긴 그림자로 왼쪽 나무를 쓰다듬어 주고
> 저녁이면 오른쪽 나무의 발끝부터 이파리까지 끌어안아
> 서로를 그림자로 덮는다
>
> ……중략……
>
> 시인은 뜰에 나무 한 그루 키우듯
> 나무 그림자 같은 한 편의 시를
> 꿈꾼다
>
> ―「그림자 하나 키우다」에서

이 작품은 '시인'이 주체가 되어 '나무'를 대상화하는 내용이다. '시인과 나무'라는 부제에서도 드러나듯, '시인'과 '나무'는 각각 동격의 존재다. 또한 이들은 거울처럼 서로를 비추면서 상대방을 내포하는 상즉상입相卽相入의 관계이기도 하다. 시인은 나무의 대상화를 통해 나무에 비친 모습을 들여다봄으로써 자신의 근본적인 질문에 대한 해답을 찾는다.

'시인의 뜰에 사는 나무'는 '그림자'를 하나 키우고 있다. 그 그림자를 통해 나무는 사랑하고 쓰다듬어 주고 끌어안을 뿐만 아니

라, 서로의 그림자를 덮기도 한다. 대상화된 나무에 있어서 '그림자 하나 키우는 일'이란 모든 존재 행위를 대변하는 것이다. 만일 나무에서 '그림자 하나 키우는 일'이 소거된다면, 나무의 존재 행위가 사라지며 나아가 그 존재 가치 또한 무의미해지게 된다.

이렇게 나무에서 찾아낸 그림자의 가치는 작품 말미에 이르러 '한 편의 시'로 소급된다. 시인은 대상화된 존재에서 가장 중요한 가치를 찾고, 그것이 곧 자신에게서는 '시'로 변환된다는 점을 직시하고 있다. 이것은 부정할 수 없는 소명의식과도 유사하다.

그러기에 시인은 스스로 나무가 되어 "아직 푸른 색이 남아 있는/ 나의 초록 잔디/ 그 화선지에/ 회오리바람 따라 미친 듯이 휘둘러대는/ 미루나무의 붓놀림"(「그림 그리기」에서)을 펼쳐나가는 것이다.

2. 향수

시인은 대상화를 통해 규명된 소명의식의 관념적 층위에서 벗어나 일상으로 향한다. 그가 일상적으로 만나는 자연물들은 작품 속에서 매개체로 종종 드러난다. 뿐만 아니라, 그것에 투사된 추억들이 훼손되지 않은 그리움을 그대로 재현하고 있다.

> 흑백사진에 함께 있는
> 아주 오래된 벗을 생각하면서
> 벚꽃 길을 혼자 걸었다

벚꽃들의 수다가 눈부신 그 너머로
좀 늦게 마중 나온 목련나무에
눈부시게 하얀 참새가 가지 끝마다 앉아 있었다

참새들이 재재거리는 저녁 무렵
나는 새총을 들고
아홉 살 어린 시절로 달려가 코를 훔치고 있었다

……중략……

늦잠꾸러기 목련이 새처럼 앉아
나의 발걸음을 멈춰 놓고
나의 어린 시절을 찬찬히 쳐다보고 있었다

……중략……

벚꽃이 와자자하게 피어 있는 사이로
늦은 목련나무 가지의 시간 끝마디에 나는
새처럼 앉아 있었다

—「늙은 목련꽃」에서

생각하면, 추억만큼 따뜻한 회귀점을 찾기란 쉬운 일이 아니다. 추억은 다분히 맹목적인 면이 있다. 그것이 어떤 내용의 것이든 일단 추억으로 지칭된 이후에는 공히 따뜻한 정서로 아름답게 변형되기 마련이다. 이 획일적 재편의 중심에 놓여 있는 원리를 가리켜 우리는 '향수'라고 부른다.

이 작품에 등장하는 '늙은 목련꽃'은 시인을 대변하는 제재이다. 흑백사진 속으로 걸어 들어가는 회상의 통로는 사진 속 '오래된 벗'들이 목련나무 가지에 걸린 꽃으로 이동하는 프레임이 된다. 목련 가지 위에 도란도란 앉아 있는 유년의 벗들은 목련나무 가지에 핀 꽃송이 같은 존재, '눈부시게 하얀 참새들'이다. 재재거리는 참새 소리 들으며 아홉 살 코흘리개로 돌아간 화자를 "늦잠 꾸러기 목련이 새처럼 앉아" 쳐다보고 있다. 화자 역시 "목련나무 가지의 시간 끝마디에 새처럼 앉아" 있다. 다시 말해, 추억 속의 그들은 독립적으로 구별되기보다는 서로 혼융된 존재들이다. 코흘리개 나를 쳐다보던 목련나무는 새가 되고, 나 역시 새가 되어 목련나무 가지에 앉아 있는 모순적 자리바꿈이 추억의 공간에서는 걸림 없이 용인되는 것이다. 이것을 향수의 관점에서 바라보면 어떨까? 시인의 향수 속에 그들은 모두 똑같은 가치와 비중으로 소급되는 존재들이다. 그렇기에 그들 사이의 가름이나 구분은 무의미한 일이었을지도 모른다.

한 쪽 발이 몹시 시렸다
산신령이 큰 지팡이를 들고 나타나서
얼어붙은 연못가를 서성이다가
수염을 어루만지는데
그만 낮잠에서 깨었다

일요일 창밖엔 함박눈이 한창인데
매화꽃이 피었다는
꽃소식이 전해지고 있었다

머리가 많이 희었다는 군소리를 들으며
어머니가 삶아주던 따뜻한 고구마에
아내가 초여름에 손수 만든 옥수수 수염차를 마셨다
딸애는 창밖을 쳐다보고 있었다

—「함박눈이 내리던 날」 전문

그런데, 시인의 추억은 과거형으로만 놓여 있는 것이 아니라 현실의 일상과도 자유자재로 연결된다. 그 시공간이 상상 이상의 진폭을 수반한다는 점에 주목할 필요가 있다. 시인이 설정한 무대는 산신령이 등장하는 몽환적 시공간까지 아우르고 있기 때문이다. 그는 이 상상 이상의 시공간을 에둘러 '낮잠'이라고 가볍게 매듭지은 뒤 현재의 일상으로 돌아온다. 그러나 그가 먹고 있는 고구마에도 어머니의 추억이 진하게 배어 있다. 그는 고구마에 곁들여 아내의 추억이 깃든 옥수수 수염차를 음미한다.

향수는 피할 수도 피할 필요도 없는 것이다. 이 사실을 잘 알고 있기에 시인은 작품 요소요소에 끌어와 그것들을 풀어놓는다. 저마다의 그리움을 내포한 대상들이 그의 작품 속에서 도드라짐 없이 기시감 있게 표현된다. 일상의 작은 이야기들 속에 담긴 향수가 잔잔하면서도 아름다운 이유다.

3. 교감

시인이 상정한 상상적 시공간은 시적 대상들과의 교감에서 더욱 잘 드러난다. 내용과 형식 등 교감의 다양성에 대해서는 재론의 여지가 없다. 그러나 대상과 밀착된 거리distance에서 비롯된 시인의 교감은 일상적 소통을 넘어서 음악적 형태의 원융으로 드러나곤 한다. 따라서 그의 시가 차려낸 세계는 독자들을 포괄하는 연주 무대가 된다.

내가 사는 산 300번지에 산새가 산다
봄이면 찔레꽃 송이송이
산새들 노랫소리처럼 피었다가
바닷새에게 보낸 편지가 번지수 찾지 못하고
돌아올 때마다 주인 잃은 편지 쌓이듯 찔레꽃
꽃잎이 떨어졌다

내가 사는 산 300번지
음표가 걸려 있다
꽃이 진 자리에 높은음자리 낮은음자리
빨간 음표들이 높은 하늘에 하나둘 걸렸다
하늘이 더 파란 때를 기다려
바람따라 연주를 시작하면
산새들이 노래를 한다
찔레꽃 향기 가득 담은 노래를 부른다

바닷새는 초대장을 받지 못한 채
파도 따라 헤매고 있다

—「찔레꽃 악보」 전문

거문고자리를 찾았다
카시오페이아자리와 더불어

높고 낮은 음자리표들이
별자리 틈새에서 깜박이고 있었다
잠깐 눈을 감았다
아깃적 엄마가 들려주던 노래가
별빛 폭포 속을 헤치고
내게 다가왔다
가락을 따라
은하강물이 짙게 엷게 흘렀다
별요일이었다

—「별요일 밤은」에서

시인은 산 300번지에 산다. 이곳에 산새도 산다. 그들은 동거 중이다. 마당에는 찔레꽃들이 산새들 노랫소리처럼 피었다가 진다. 시인은 산새와 동거의 관계에 놓여 있으며, 찔레꽃은 산새와 동일한 생활 패턴을 보여준다. 이 등식관계를 좇아간다면, 시인과 산새, 찔레꽃과 산새는 동등한 관계라는 사실을 쉽게 이해할 수 있다. 이 맥락에서 시인과 찔레꽃 역시 유사한 관계를 형성하게 된다. 이들은 모두 산 300번지 거주지에서 동거하는 사이다.

그런데 이 동거의 기저에는 이심전심의 교감이 자리 잡고 있다. 시인과 산새, 찔레꽃은 각자 독립적 행위의 주체이지만, 이 행위들은 분리되어 있는 것이 아니라 서로의 연결고리 속에 드러난다. 찔레꽃이 피는 행위는 산새의 노랫소리와 인과관계에 놓여 있다. 따라서 그것은 산새들 노랫소리에 보폭을 맞추어 "송이송이" 등장하는 것이다. 나아가 이 꽃들의 낙화는 산 300번지에 배달된 채 쌓이는 주인 잃은 편지들의 정서까지 수렴함으로써 층위를 넘어

선 교감으로 진화한다.

찔레꽃이 피고 지는 현상은 음표의 상징부호로써 다시 형상화된다. 이 음표들은 단지 찔레꽃 줄기에 머무르지 않고 "높은 하늘"의 우주적 공간으로 확산되고 있다. "하늘이 더 파란 때를 기다려 바람따라 연주를 시작"하는 자연의 음악인 셈이다. 이 음악은 "초대장을 받지 못한" 바닷새에까지 높이 멀리 펴져나간다. 그들 모두 교감이라는 우주적 음역대 속에서 공명하는 존재들이기 때문이다.

「별요일 밤은」에서도 우주적 음역대의 리듬을 읽을 수 있다. 시인은 거문고자리와 카시오페이아자리 같은 까마득한 별자리에서 "높고 낮은 음자리표"를 찾아낸다. 우주에서 찾은 이 음자리표들은 "아깃적 엄마가 들려주던 노래"와 오버랩된다. 다시 말해 "거문고자리, 카시오페이아자리의 음자리표"와 "아깃적 엄마가 들려주던 노래"는 불이不二의 존재다. 이들은 현상적 층위를 벗어난 연기緣起 속에 놓여 있다.

시인은 교감의 촉수를 뻗는다. 촉수는 현상 너머 온 우주에 깃든 음역대로 향한다. 이 걸림 없는 무애無碍 연계로 인해 온 우주의 리듬이 자유롭게 연주된다. 조화로운 자연의 소리가 그러하듯이.

4. 역사

양영길의 면목이 가장 잘 드러내는 지점은 역사이다. 자연을 소재로 한 상당수 작품들이 역사라는 종착역에 닿아 있다는 점에서, 그의 창작 역정은 역사에 대한 천착이라 해도 과언이 아닐 것이다.

그는 역사에 대해 늘 진심이다. 소곤소곤거리는 귓속말과 부드러운 독백, 목청 돋운 호통에서도 부지불식간에 출몰하는 메시지의 힘을 느낄 수 있다. 스스로 역사의 복판에 서서 돌파하는 저력은 대상의 재현에서 생생히 빛을 발한다. 허구가 아니기 때문이다.

> 아니, 왜? SOS를 쳐? 무슨 일 있어?
>
> 그때 우리 동네 사람들은
> 사람답게 살려고 서로 서로 구조요청을 했던 거야.
> 내 허리께의 나이테를
> LP판으로 만들어서 자세히 들어봐.
> 무지막지 하게 자르지 말고 CT 같은 걸로 찍어서
>
> 바람 같은 소리밖에 안 나겠지만 그 소리는 나의 언어거든
> 그걸 너희 언어로 번역해 봐.
> 사이사이에 모스 부호도 많아, 그것도 옮겨 보고.
> 나의 역사 나이테에는 아주 많은 것들을 담아 두었거든.
>
> 팽나무야, 넌 알고 있지?
> 우리 동네 사람들에게 아무 색깔도 없었던걸?
> 지들이 마음대로 색칠하고 마음대로 밟고 죽인 거.
> 알고 있지?
>
> ―「팽나무는 알고 있다」에서

제주에는 마을마다 팽나무가 흔하다. 마을 어귀나 안자락에 서

서 팽나무가 바라본 제주인의 삶은 척박한 환경만큼이나 지난했다. 제주의 역사와 팽나무의 역사가 다르지 않다고 말한다면 지나친 사견일까? '제주4.3'을 소재로 삼은 이 작품은 화자와 팽나무의 대화 형식으로 이루어져 있다. 왜 SOS를 치냐고 묻자 팽나무는 "내 허리께의 나이테를 LP판으로 만들어서 자세히 들어봐"라고 대답한다. 그런데 이 LP판에서 나오는 소리는 "바람 같은 소리"일 따름이다.

언어는 원래 인간의 소통을 위한 도구에 지나지 않는다. 인간의 언어는 인간만을 대변한다는 점에서 근본적인 한계를 지닌다. 인간이 자연의 소리를 듣고 이해하기 위해서는 스스로 확장된 자연이 되어야 한다. 그는 모스 부호 같은 팽나무의 목소리를 들으려면 귀뿐만 아니라 마음을 활짝 열어 받아들여야 한다는 것을 알고 있다. "제주의 4월에 피는 꽃은 더 가슴 가까이 피어난다"(「4월에 피는 꽃은」 에서) 이 전언은 그러한 의미를 담고 있는 것이다.

시인은 나이테 LP판에 채곡채곡 기록된 팽나무의 목소리를 가슴으로 들은 뒤 작품 속에 옮겨놓는다. 확장된 자연의 소리다.

> 아무 거이나 찍으면 안 됩니다.
> 좋은 것만 찍어도 좋지요.
>
> 오후 들어 웃음 띤 얼굴로 다가왔다.
> 카메라가 좋다며 좀 보자고 했다.
> 찍은 사진을 이리저리 확인하면서
> 사진이 예술입니다.

금강산이 빼어나서 그렇지요.

어, 이거이 왜 찍었습네까?
아, '우리식 대로 살자' 요?
지울까요?
일 없습네다.

어, 이거이 어딥네까?
아, 그거이 제주도 유채꽃밭입니다.
이 바다도 제주돕네까?
네. 저기 보이는 섬이 마라돕니다.

한라산 사진은 없습네까?
아, 네, 다음에 올 때는 꼭 담고 오겠습니다.

우리는 동시에 서로의 얼굴을 쳐다봤다.
웃음이 나왔다.
나의 눈에 눈물이 핑 돌았다.

—「접대원 동무」 전문

'인간'이란 단어는 인간 외 자연환경과 대립되는 개념으로 간혹 사용되기도 한다. 물론 이 편향적 쓰임의 기원에는 인간중심적 이기와 욕망이 자리 잡고 있다. 때로는 인간 스스로를 가름하는 이데올로기마저 편향적 설계의 결과물이라는 모순을 부인하기 어렵다.

그런데 만일 그 편견를 일시에 지워버린다면 어떨까? 인간을 인간으로서 인식하고 자연을 자연으로서 인식한다. 이 평범한 인식 구조 위에 덧입혀진 '인간'과 '자연'의 편견을 벗어버릴 수 있다면.

「접대원 동무」에서는 인간의 '소통'으로써 인간의 역사를 그려내고 있다. 별스럴 것 없는 인간의 대화가 사뭇 별스럽게 느껴지는 이유는 그들이 각각 서로 다른 인식체계 위에 서 있기 때문이다. "아무 거이나 찍으면 안 됩니다./ 좋은 것만 찍어도 좋지요." 라는 첫 대화는 사무적일뿐 아니라 경계의 어감을 띤다. 역사의 메시지를 담은 작품들에서 유독 마침표가 등장한다는 점 역시 시인의 의도를 가늠하게 한다. 마침표는 분절된 대화, 머뭇거리는 진의, 다 전하지 못한 마음 따위를 막아선다.

서먹한 이들을 공통된 시선으로 엮어내는 것은 금강산과 제주도 유채꽃밭이다. 방금 전 "어, 이거이 왜 찍었습네까?"라던 팽팽한 이질성이 "지울까요?/ 일 없습네다."로 바뀌기까지는 오랜 시간이 필요치 않다. 그들은 각자의 인식체계 위에서 한 발짝씩 벗어나 함께 금강산과 유채꽃밭을 바라보고 있다. 그 짧은 소통의 추이 속에서 그들은 공감하게 된다. 금강산은 금강산이며 제주 유채꽃밭은 제주 유채꽃밭일 따름이라고.

함께 던지는 무심한 시선이 편견을 거두고 그들에게 새로운 기약을 제시한다. "한라산 사진은 없습네까?/ 아, 네, 다음에 올 때는 꼭 담고 오겠습니다."

눈물이 핑 돌았다는 독백이 독자에게 자연스러운 여운으로 다가오는 것은, 시 한 편을 통해 마침내 편견을 극복한 자들의 특권이 아닐까.

그렇다면, 자연이 직조해낸 양영길의 시세계를 우리는 무어라 정의할 수 있을까? 이 질문에 대해선 그 자신이 작품 속에서 충분한 답변을 이미 제시하였다. 자연이라는 익숙한 소재의 변형은 다분히 한계를 내포하는 것일 수 있다. 하지만 그는 자연의 익숙함에서 벗어나 그 자신의 몫으로 감당해 나간다. 그는 창작적 새로움을 추구하기보다 따뜻한 메시지로써 독자와 소통하려 한다. 이런 면에서 그는 문학적 효용과 자신의 소명을 합일화한 시인이라고 말할 수 있다. 그가 바라본 문학적 효용은 교시나 쾌락이 아니라 독자와의 자연스러운 교감에서 비롯된다.

한라산은 초록으로써 여름을 건넌다. 초록이 여름을 빛나게 한다는 사실은 그리 간단치 않은 혜안을 담고 있다. 초록은 그 스스로 빛깔을 전경화하지 않는다. 그리고 스스로를 배면에 감추는 어진 마음씀이 시인의 몫이라고 말한다. 양영길의 시들은 초록을 닮아 있다.

고집
—시집을 엮으면서

1.

아주 가끔이지만
시작 노트니 시작 메모니 하는 것을 부탁 받는 일이 있다
시에 각주를 붙이는 것도 부족해서
설명을 하라는 것처럼 들렸다
번역도 아닌데 그런 것들이 필요할까 곱씹어 본다

읽다가 맘에 들고 공감하면
여러 차례 읽고 좋아하면 그만인 것을
밑줄 치고 공부하듯 시를 대하라는 것처럼 들렸다
사족을 붙이라는 것처럼

나는 장미꽃같은 시를 쓰고 싶었다, 향기가 있는
시간의 강물을 건너 건너
향기는 온데간데없고 가시만 앙상했다
나를 할퀴려고 들었다
잠깐 시간을 내어 바람이라도 쐬야겠다

2.

제주어 시는 표준어 독자에게는 좀 난해하다
그래도 그냥 두기로 했다
많이 죄송하다
고집이 있는 시인이고 싶어서다
제주어 시만 따로 묶어낼 기회가 된다면
표준어 해석을 곁들일 생각이다

3.
해외 봉사활동에서 보고 느낀 걸 몇 자 적었다
오지 마을에서 1~2주 그들과 함께 숨 쉬면서
있었던 이야기다
시 몇 편으로는 감당하기 어려운 이야기지만

꿔다 놓은 보릿자루

초판 1쇄 인쇄일 | 2021년 10월 3일
초판 1쇄 발행일 | 2021년 10월 10일

지은이 | 양영길
펴낸이 | 한선희
편집/디자인 | 우정민 우민지
마케팅 | 정찬용 정구형
영업관리 | 한선희 김보선
책임편집 | 김보선
인쇄처 | 으뜸사
펴낸곳 | 새미
등록일 2005 03 15 제25100-2005-000008호
경기도 고양시 일산동구 중앙로 1261번길 79 하이베라스 405호
Tel 442-4623 Fax 6499-3082
www.kookhak.co.kr
kookhak2001@hanmail.net

ISBN | 979-11-6797-008-4 *03810
가격 | 12,000원

* 이 책은 JFAC 제주문화예술재단의 후원을 받아 제작되었습니다.